양호 시집

그물에 걸리지 않는 바람과 같이

국립중앙도서관 출판시도서목록(CIP)

그물에 걸리지 않는 바람과 같이 : 양호 시집 / 지은이: 양호,
-- 서울 : 한누리미디어, 2008
p. ; cm

ISBN 978-89-7969-323-2 03810 : ₩7000

한국 현대시[韓國 現代詩]

811.6-KDC4
895.715-DDC21 CIP2008002087

양호 시집

그물에 걸리지 않는 바람과 같이

한누리미디어

시집을 내며

작은 행복을 하나하나 주워 담아
또 다른
큰 행복을 만들었습니다.
행복의 공간을 만들어 주신 모든 분께 감사드리며
늘 함께 행복할 수 있도록 노력하겠습니다.

작품 평을 써주신 이수화 국제펜 한국본부 부이사장님
표지 그림과 제호를 써주신 보림선원 선원장 비공 스님
출판을 맡아주신 한누리미디어 김재엽 사장님께
거듭 감사드립니다.

무자년 초하

서현동 자택에서 양 호

목차 · 그물에 걸리지 않는 바람과 같이

하나

삶

그 공간 속에서

목차 · 그물에 걸리지 않는 바람과 같이

둘

사랑

그 순수의 그늘에서

목차 · 그물에 걸리지 않는 바람과 같이

셋

일상

그 그림자를 보며

하나

삶

그 공간 속에서

장대비

헛발질 한 번에
믿음 하나에 매달린 곤궁함이
폭풍 속에
장대비 속에 허물어져 버린다

휩쓸려 잃은 것이
영혼의 둥지뿐인가
바둥거리며 움켜잡고 있던 꿈도
황토빛 물 위에서 조각조각 떠다닌다
진흙뻘 수렁에 묻힌
작은 꿈의 조각들을 하나하나 건져
또 다른
내일을 맞추어 나간다

그리고
공허한 웃음을
청명한 하늘에 날려 본다

새벽이 오면

새벽이 오면
신새벽이 오면
어둠을 뚫고 아스라이
불빛 한 줄기 찾아오면
칼바람 속 매오로시 지켜온
시간의 어레미에
활활 타오르는 불을 밝히리

새벽이 오면
미명의 새벽이 오면
목멘 물만밥 풀어놓고
하얀 숨결
한 올
한 올 풀어
햇귀 타고 어둠의 상처 덮어 주리라

가슴 한 웅큼
그런 새벽이 밀려오면
새벽이 오면

지금은 수술중

터널에 갇힌 숨 소리는
감당 못할 무게로 되돌아 온다

끊어질 듯 이어지는 불빛을 쫓아
한 발짝
한 발짝
외줄 타기를 한다

희미한 의식을 붙잡고
눈물 방울의 무게에 못이겨 추락한다

놓쳐 버린 내음에 눈을 뜬다
초점 맞추지 못한 눈물 속에서
어무이 얼굴이 쏟아져 내린다

아버지

고달픔의 시간을
탁배기 한 잔의 얼큰함에 풀어놓고

허리춤에 매달려 흔들리는
자반 고등어 한 쌍에게

바다로 가라고
바다로 가라고

마누라 보기 전에
바다로 가라고

심줄 돋우며 별빛 쏟아지는
허공에 대고 고함을 친다

숙련된 초보

딸아이는
돌고 있는 지구본을 세워
에펠탑을
자작나무 숲을
인어 공주를 배낭 속에서
한 자락
한 자락
풀어 놓는다
딸아이와 이별 연습은
소리에 놀라지 않고
그물에 걸리지 않고
혼자서 일어서는 시간까지
자곡
자곡
숙련된 초보의 마음으로
배낭 가득
사랑을 담는다

여백

우리는 누군가의
여백이면서 동시에
그 속에서 아름다운 영혼을 가진
사람들을 만난다

나는
무드셀라 증후군에 젖어
빈 그루터기처럼
추억을 따라 흘러간다

* 무드셀라 증후군 : 과거는 항상 아름답다고 생각하는 것

골안개

하얗게 피어나는
시간을 타고
알지 못하는 떨림 속으로 끌려간다
침전된 관능은
껍데기를 벗고
아슴 아슴한 꿈 한 자락 감아쥐고
눈물 밟으며
한 걸음
한 걸음
시간의 발자국을 따라간다

죽은 자의 행진

일천구백육십년 10월 10일…
일천구백칠십년 10월 10일…
일천구백팔십년 10월 10일…

끝없이 펼쳐진
죽은 자의 행진

노랑나비 한 마리 팔랑거리며
죽은 자의 혼을 넘나들다
내 옆에 앉는다

순간…
세상은 죽은 자의 몫이 아니라
이렇게
살아있는 우리들의 몫이라고

생명

탯줄처럼
텐스의 떨림을 타고
낡은 시간 속에 잠든 실핏줄이
뚝딱
뚝딱
새로움의 집을 짓는다
살갗은
차가운 맑음에서 깨어
아슴 아슴한 시간을 안고
새로운 생명의
불꽃을 피운다

* 텐스 : 저주파 물리치료기

고향

음미하면 할수록 감칠맛 나는
가슴 하나 가득한 그리움이
지나버린 시간 속으로 거슬러 올라가게 한다

대청마루 밑의 비밀창고
풋사랑의 아련함이 달려 있는 느티나무
막걸리 한 잔에
세상의 고뇌를 짊어지고
그 무게에 한 발자국도 나가지 못하던 시간들
다시 만나고픈 시간이다

고향
어머니 품 속 같은 고요 속에서
깨어나지 않는 잠에 빠지고 싶다

정류장

팽개쳐둔 아쉬움은
맞바람에 떠나지 못해
그 자리에서 맴돌고
시간에 지쳐 졸고 있는
상현달이
나뭇가지에 걸려
긴 그림자를 드리운 채
가슴으로 흐느끼는
밤의 정류장은
어둠의 무게만큼이나 무겁다

무제 · 1

시계 초침처럼 똑각이며
비틀대고 비틀대며 수많은 인파가
압구정동 네거리를 지나는
소리를 듣는다
아직은 밤 스물 다섯시하고도 아침 아홉시
거리는 부대낌에 지쳐
싯누런 하품을 해내고
포르말린 솜으로
스물네개의 콧구멍을 막는다
거꾸러지는 시간
무의미로 일색된 시간
우리는 담배연기 같은 얼굴로
무심히 스쳐 지나가고
안타까움과 아쉬움에 전율해내는
대책 없는
내일을 서러워한다

무제 · 2

네온사인 불빛처럼
이리 흔들 저리 흔들
낯선 군상들이 압구정동 골목길을
거꾸로 달려간다
잃어버린 이십오시를 찾아
역겨운 입김을 토해낸다
내일은 복마전에 저당 잡힌
영혼 없는 누렇게 부황 뜬 육체들이 덜렁거리며
발정난 수캐처럼
이리 기웃 저리 기웃
신음을 토해낸다
난 이 이십오시에서 뛰쳐나가고 싶다
하나뿐인 영혼을 팔아서라도
내일을 보고 싶다
잠시라도
내일의 맑은 공기를 마시고 싶다

무제 · 3

시계 초침처럼
똑각이며 길이 스쳐 지나간다
지나는 길은 불길이 되어
공포를 심고
사람들은 삿대질하며 협박을 하고
온통 하나가 되어

소리 지르고프다

우리도 진작 포기하고
모두가 포기한 시간이다

꿈은 멀리 사라져

2006

무제 · 4

나의 의지는 한여름날
누렇게 부황 뜬 얼굴로 검게 혹은 하얗게
시대는 살아 숨쉬는데

저만치 퇴색돼 가는
우리의 심리적 위치
그 위치는 어디쯤일까?

무제 · 5

밤의 대지는
네온사인 불빛 따라
가쁜 숨을 토해낸다
흐물거리는 육체는
조금씩 타락의 나락에서
꿈틀대면서 살아나고
미처 떠나지 못한 천사는
두 눈 꼭 감은 채
희미한 상현달 꼬리에 매달려
서쪽 하늘 끝으로 달아난다
나는
옥상 난간에 기대어 서서
젖은 하늘의 무게에 짓눌려
헉헉대며 흘러내리는 땀방울을 따라
침몰하는 내일을 남겨둔 채
점점 무의식의 공간 속으로 빨려간다

무제 · 6

육체의 녹을
술잔에 가득 채워
시간의 마취제를 마신다
꿈은
아직도 날아오르지 못하고
퍼드덕 떨다
술잔 속에서
출렁이며 목메어 우는 오늘도
나는
시간의 마취제를 마신다

무제 · 7

분노는 춤을 춘다
어둠이 밀려오는
죽은 도시 속에서
사람들은 무표정한 얼굴로
삶과 죽음의 경계선에서
불빛 따라 뒤뚱거리고
방황하는 혼은
유리막의 안과 밖에서
불빛 따라 춤을 춘다

둘

사랑

그 순수의 그늘에서

사랑을 꿈꾸며

시간은
네모난 꿈 한 자락
뜰에 풀어 놓는다

매달려 춤추던
하얀 물결은
네모난 모서리에 걸어둔 빗장을 풀고
한 올
한 올
향기를 풀어 놓는다

오늘도
여린 가지에 걸터앉아
비우지 못한 무게에 흔들리며
시나브로 꿈 속으로 빠져든다

누군가
풀어 놓은 사랑에 젖어

운명

그녀가 내 앞에 앉아 있다
'헤즐넛' 향기가
그녀의 내음을 밀어낸다

'체인징 파트너' 음률이 맴돌다
순백의 모서리에 깎여
예리한 비수가 되어
머리 위에 떨어진다

잠이 온다
잠 속에 꿈이 보인다
그 안에 그녀가 있다

상처 투성이 그리움이 얽힌
연녹색 어린 잎을 달고
젖은 하늘로 올라간다
연리지 되어

아내의 생일

아내의 생일이다
아침부터 비가 내린다

발길을 잡는 진열장 속 보석은
바깥 날씨에 아랑곳 없이
화려하게 솟아 오른다

주머니 속 지폐 몇 장과
신용카드의 냉기가
손끝으로 밀려온다

진열장 속 마네킹 여자는
표정 없는 얼굴로
샹드리에 불빛만 쳐다보고 있다

달린다
처음 그날처럼 아내를 꼭 껴안고
살아있는 별을 잉태하기 위해

오월

낡은 지갑 속에 그날이 머물고 있다
쳐다보며
구름 같은 웃음 하나 그려본다

오월이 오면
수수꽃다리 향기 위에
낡은 지갑을 열고 그날을 채운다

바람이 분다
솜털 같은 구름 속에
그날의 수수꽃다리 향기가 묻어 온다

사랑

파도를 타고 퍼지는
그녀의 향기를
모래밭 발자국 속에 가득 채웠습니다
흔적조차 허물어 버리는
파도를 보며
슬픔을 가득 문 채
그녀를 잊기로 했습니다
잊히는 게 두려워 모래밭에
그녀의 이름 석자를 묻어 두었습니다
파도 속에 뱉어내는
헤어짐의 아픔 사이로
그녀의 향기는 조금씩 밀려와
어둠에 젖은 파도까지 삼키고
텅 빈 가슴 속을 가득 채웠습니다
잊히는 시간까지
그녀의 향기에 숨어
그녀를 사랑하기로 했습니다

내 아버지

잔설 속 아버지 무덤 속은
따뜻한 온기가 흐른다

칼바람 헤치며
내 아들 내 손자 올 줄 알고

뜬 구름 바람 벗들 모두 내치고
덩그라니 혼자서

꼬불꼬불 굽이길을 굽어보면서
지친 삶의 끝자락 풀어주려는

잔설 속 아버지 무덤 속은
따뜻한 온기가 흐른다

비오는 날

님은 내 앞에 앉아 있다
쏟아지는 폭우 속에
무수히 부수고 지웠어도
체념의 몸짓으로
빗속에 미친 듯이 씻어 내려도
더 또렷해지는 시간들

님이여
애증의 그림자가 긴 꼬리를 남기는
먼 훗날
님 다시 되어 오실랍니까

그리움에 지치면

한여름 밤

인적이 없는
아스팔트 길을 터벅터벅 걷는다

길은 헉헉거리며
하얀 수증기를 품어내고

나는
그 적막 속에서
외롭고 슬픈 도시의 얼굴을
새롭게 목격할 수 있었다

그 열기 속에서
그리움의 목마름에서 달아나기 위해
떨어지는 땀방울에
자꾸만 당신의 그리움을 떨어뜨린다

매화

기다림의 숨결이
내 안에 들어와서

시린 살갗 여린 떨림
따스하게 채워 주어

첩첩산 움트게 하는
붉디붉은 꽃망울

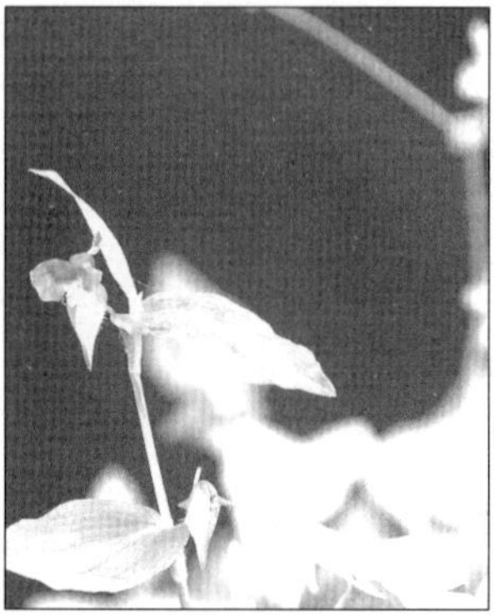

비

빗소리 속에는
도란
도란
소리가 들린다

빗소리 속에는
사그락
사그락
옷 벗는 소리가 들린다

빗물은
구슬되어 온몸으로 흘러 내린다

빗물은
꼬리를 물고 쏟아진다

소낙비

여우비 끝자락에
무지개 다리가 걸렸다

보고픈 기다림은
실핏줄 하나에 매달려

희미해진 다리 위에서
욕망의 페달을 밟는다

장미

눈물 방울처럼
향기는 떨어져
샘물처럼 고여 있다

찾으려도 없는
붉은 향기는
방울방울 소리 없이 증발되고

기다림에 지친
송곳 같은 아픔을
새김질하고 있다

목련

슬픔은
꼬리를 물고
기억 저편에서 피어난다

붉은 피는
하얗게 탈색되어
바람에 흩어지고

떨어진 시간은
몸 안 가득 차올라
살포시 그리움 연다

봄

바람은
치맛자락에서 흔들린다
한 겹
한 겹
빗장 풀린 시간
채워도
채워도
몸부림치는 목마름을 옭아매고
바람은
치맛자락에서 춤을 춘다

셋

일상

그 그림자를 보며

꿈

계절의 흔적들이
한 잎
한 잎
내려앉은 사이로
투명한 피라미 떼가 기지개를 켠다

피라미 떼는
작아도 거침없이 물살을 가른다

무료에 젖은 나의 눈빛도
땅 끝까지 내려온 하늘도
피라미 지느러미 위에 앉아
또 다른 나를 보면서

가물거리는 시간 속으로
쉼 없이 물살을 가른다

겨울 바다

맴돌던 추억들은
파도 소리 뒤로 하고

오롯이 피워내는
청자빛 맑은 향기

시간의 발자국 따라
밀려오는 봄기별

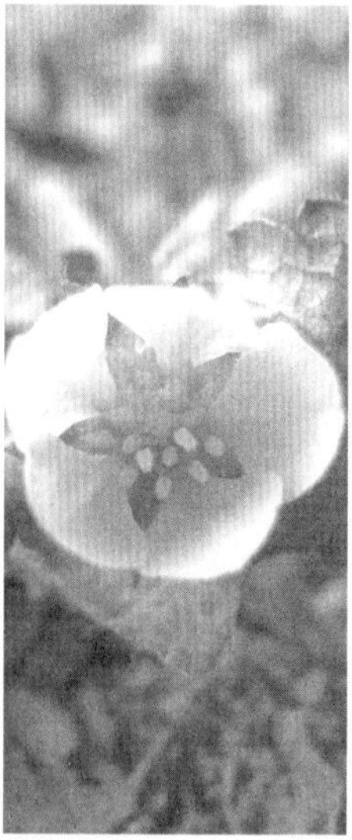

여행

하늘을 타고
시간을 거꾸로 달린다
구름 열린 사이로
바이칼 호수가 흐르고
우랄산맥이 솟아나고
저 멀리
실핏줄 같은 로렐라이 언덕에서
요정의 속삭임이 흐를 때
나는
창밖 넓게 내려온 하늘을 안고
생명의 움직임을 느낀다

채석강

집착의 욕망을 버리지 못하고
한 권 한 권 포개놓은 책들이
세월의 무게에 못 이겨
땅끝까지 밀려와 있다

임자 없는 책들은
겨울바다의 바람에
한 권 한 권 빨려 들어가 버리고

한 시대는 알 수 없는 미래로부터 달려오는
낯선 사명이 무엇인지도 모른 채
바람 속에 들어가
애꿎은 책장만 자꾸 넘기고 넘긴다

서호

야윈 달빛 속
은빛 비늘 따라 지나간 시간이 떨어져 내린다

한 줄기 바람을 마시며
청순한 이슬을 마시며
갈대의 키만큼 커버린 외로움이 향기를 풀어낸다

물결 속 깨어진 달빛 사이
허공 울리는 풀벌레 소리에
소동파도
이태백도…
떨어진 시간을 감아쥐고 떠난 자리엔
희미한 향기만 맴돌고 있다

*서호 : 중국 항주에 있는 호수

선운사

천년의 그리움은
처마 끝에 걸려 있고

바람 끝자락에 풍경소리 매달려
내일의 목마름을
안으로 다스리고

종이에 물이 스미듯
미소 되어 흩어지네

이탈을 꿈꾸며

이탈을 꿈꾸며
푸른 물감 한 바가지
풀어 놓는다

산 그림자 이고
흔들리는 이랑마다
푸른 물결
호숫가에 묻어나면

떠도는 꽃잎 껴안고
분수대 물줄기에 앉아
오르락
내리락
한낮의 꿈속으로 빠져든다

남강

남아 있는 것보다
잃어버린 것이 더 생각날 때면
방황하는 나의 혼은
쪽빛 남강에 뛰어든다

남강은
쪽빛 꽃잎 숨결 되어
각기 다른 모양새로 속도로
나의 영혼을 청명하게……

그래서
남강에서 만난 사람들은
더 따뜻하다

나 이제 가리

바다의 기운에 밀려
흔적 하나 담을 수 없는 몸짓

눈동자엔 밤이 내리고
찾으려도 없는 얼굴

나 이제 가리
거칠게 일어서는 어둠 속

내 마음 깊숙이
숨결소리 들리는 그곳으로

산사

처마 끝 풍경소리
보름달에 걸리고

마음은 시나브로
상념에 얽매이고

언제나 그물에 걸리지 않는
바람처럼 될까나

융프라우

정지해 있는 하늘
살아 숨쉬는 은빛 산봉우리
묶여 버린 시간
그 속에서
나만의 강을 만들어 본다

*융프라우 : 스위스에 있는 산

무진도

무진도에는 어린 계집아이가 산다

계집아이는
바다를 먹고
소라의 속삭임을 듣고
바람처럼 자란다

무진도에는 늙은 해송 두 그루가 있다

늙은 해송은
바다를
소라를
안고 있다

어린 계집아이를 데려갈까 보아

눈

눈꽃 내리는 날이면
너풀
너풀
춤을 춘다

그리움은 상처난 날개에 매달려
하늘 한가운데
슬픔처럼 쏟아지는
숨결을 타고 춤을 춘다

아침

햇살은
아쉬움에 떠나지 못하고
어둠에 잠든 그리움에
생명을 불어 넣는다

님은 흑백 무성 영화처럼
낡아 버린 기억 저편에서
시간의 껍질을 깨고 다가온다

나는
햇살 광선 속에 갇혀
주섬
주섬
흩어진 님의 모습을 주워 담는다

첫날

억만년 갈무리한
가슴앓이 기다림이
핏빛 되어
어둑 새벽을 밀치고
출렁이며 끓어 오른다

핏빛 꿈은
바닷바람을 타고
넘실
넘실
한바탕 내일의 불꽃 축제를 연다

形而上學派 양호 詩人論

— 제4시집《그물에 걸리지 않는 바람과 같이》評說

이수화

시인 · 문학평론가 · 국제펜 한국본부 부이사장

1

양호 詩(양호 시인의 統體詩)는 형이상학파(形而上學派詩, metaphysical school poem)가 주축을 이룬다. 형이상시(形而上詩; 형이상학파시 略語, 이후도 같음)는 17세기 영국의 J.단(John Donne) 일파(一派)[1]가 주창 실천한 이른바 '사상(思想)을 시 속에 감정화(感情化)하는 특징의 시' 를 말한다. 20세기 시(모더니즘 시)에서 T.S.엘리어트가 저 형이상시 특징을 계승하여 소위 '사상(思想)과 감정의 융합 기법' 을 시작(詩作)과 시론(詩論, new criticism)[2]에 걸쳐 큰

1) 존 단을 위시한 17세기 영국의 형이상학파 시인들, 즉 죠지 허버트(1595 ~ 1633) · 토머스 커루(1594 ~ 1639) · 크래쇼(1613 ~ 1649) · 보온(1622 ~ 1695) · 마벌(1621 ~ 1678) 등임.

2) 뉴크리티시즘 : 1920년대 초부터 대두된 분석주의 비평의 한 갈래로 텍스트를 작가 · 시인과 결부시키지 않고 순수한 작품위주로 분석 · 평가함. 한국에는 백철이 도입하여 김종길 · 김우창 등이 실천했고, 세계문학사적으로는 엘리어트 · 랜슴 · 리처즈 등임.

성과를 거두었다. 이 같은 형이상시파 시의 경향을 띤 시가 주축을 이루고 있는 양호 詩의 경우, 가령,

고달픔의 시간을
탁배기 한 잔의 얼큰함에 풀어놓고

허리춤에 매달려 흔들리는
자반 고등어 한 쌍에게

바다로 가라고
바다로 가라고

마누라 보기 전에
바다로 가라고

심줄 돋우며 별빛 쏟아지는
허공에 대고 고함을 친다

— 〈아버지〉 全文

잔설 속 아버지 무덤 속은
따뜻한 온기가 흐른다

칼바람 헤치며
내 아들 내 손자 올 줄 알고

뜬 구름 바람 벗들 모두 내치고

덩그라니 혼자서

꼬불꼬불 굽이길을 굽어보면서
지친 삶의 끝자락 풀어주려는

잔설 속 아버지 무덤 속은
따뜻한 온기가 흐른다

— 〈내 아버지〉 全文

위 두 편의 시는 서로 주제(主題)가 유사한 데서 비교하기에 편리하다. 이 두 편의 시는 메타 텍스트(제목)부터가 유사한 데다 시적 주체의 '아버지'에 대한 연민의식(憐憫意識)이란 감정(感情)과 인륜의식(人倫意識)에 철저한 시적 주체의 사상을 융합한, 즉 형이상시와 현대시(모더니즘시)의 공통점인 '사상과 감정의 융합(fusion of thought and feeling)' 기법을 잘 성취하고 있다. 예시 〈아버지〉가 생존 시의 '아버지 삶'에 대한 연민의식(감정)을 지성(知性), 즉 사상으로 잘 통어하여 이른바 엘리어트의 말처럼 사상을 장미의 향기처럼 독자로 하여금 직접 느낄 수 있게 한 것이다.

그리고 예시 후자인 〈내 아버지〉는 기세한 아버지의 유택을 객관적 상관물로 하여 사자(死者)와 생자(生者)의 경계선을 허무는 명상시(瞑想詩)를 엮어 놓고 있다 하겠으나 여기에는 고인의 따뜻했던 생전의 부성애(父性愛)가 명상적인 차원을 벗어나지 않고 있으므로 이 시는 한 편의 사상시(思想詩, poetry of idea)가 된 것이다. 최종 스탠자가 일견 형이상시의 기상적 비유(奇想的 比喩, conceit)이기보다는 이른바 낭만적 이미지에 가깝기 때문이다. 이와 같이 양호 詩의 형이상파시의 특성을 성취함으로써 그의 시는 현대시(모더니즘시)의 한 독자적인 위의를 갖추게 된다.

양호 詩는 이처럼 형이상파시의 사상과 감정의 융합된 방법을 취하므로써 삶을 총체적으로 바라볼 수 있는 포에지(詩精神)가 형성된다. 따라서 그의 詩와 삶은 통체적(統體的) 전망을 얻게 되며 이러한 궤적이야말로 양호 詩의 이번 제4시집에 수록되는 형이상파시의 광휘로운 텍스트군(群)의 성취에 이르른 길이 아닌가 한다. 다음 장에서 그 세부를 좀 더 면밀히 들여다 보고자 한다.

2

이번에 상재되는 양호 제4시집《그물에 걸리지 않는 바람과 같이》(2008. 7. 한누리미디어刊)에는 제1부 '삶, 그 공간 속에서' 에 〈아버지〉와 〈내 아버지〉 그리고 〈여백〉과 〈죽은 자의 행진〉 등 가편(佳篇)들이 포진해 있고, 제2부 '사랑, 그 순수의 그늘에서' 에는 〈아내의 생일〉과 〈매화〉, 〈비〉, 〈목련〉 등의 잘 조련된 텍스트군(群)이, 제3부 '일상, 그 그림자를 보며' 에는 〈꿈〉, 〈채석강〉과 같은 절창의 역작들이 수록된다. 먼저 제1부의 〈죽은 자의 행진〉부터 주목하고자 한다.

일천구백육십년 10월 10일…
일천구백칠십년 10월 10일…

일천구백팔십년 10월 10일…

끝없이 펼쳐진
죽은 자의 행진

노랑나비 한 마리 팔랑거리며
죽은 자의 혼을 넘나들다
내 옆에 앉는다

순간…
세상은 죽은 자의 몫이 아니라
이렇게
살아있는 우리들의 몫이라고

— 〈죽은 자의 행진〉 全文

예시(例詩) 〈죽은 자의 행진〉을 여기 먼저 주목하는 것은 전장(前章)에서 양호 詩는 형이상파시가 주축을 이룬다고 전제한 바와 관련된다. 예시는 형이상학파시가 지녀야 하는 자질 중에 이른바 '형이상학적 기상(形而上學的 奇想, metaphysical conceit)' 이 제3연에 잘 조형되어 있다. 얼른 보아서 우스꽝스러운 연상(聯想) 작용을 나타내면서도 관념산문으로는 도저히 나타낼 수 없는 저러한 제3연의 진정성의 이미저리는 그야말로 생사관(生死觀)의 분명한 사상성(思想性)과 감상성(感傷性)을 아름답게 통합해 보여주는 감수성의 산물인 것이다. 죽음과 삶을 이와 같이 영(靈)과 육(肉)의 양면에서 보아낼 만한 감수성의 메카니즘과 이미지의 긴축(緊縮) 솜씨는 양호의 이미지스트로서의 기량을 마음껏 살리면서 형이상파시를 넘어서서 현대시(모더니즘시)의 새로운 지평을 열어가게 된 것일 터이다.

이번에는 양호 詩의 비유(比喩) 기법이 객관상관물(客觀相關物)을 얻어 감수성의 통합을 이룬 텍스트에 주목하고자 한다.

네온사인 불빛처럼
이리 흔들 저리 흔들
낯선 군상들이 압구정동 골목길을
거꾸로 달려간다
잃어버린 이십오시를 찾아
역겨운 입김을 토해낸다
내일은 복마전에 저당 잡힌
영혼 없는 누렇게 부황 뜬 육체들이 덜렁거리며
발정난 수캐처럼
이리 기웃 저리 기웃
신음을 토해낸다
난 이 이십오시에서 뛰쳐나가고 싶다
하나뿐인 영혼을 팔아서라도
내일을 보고 싶다
잠시라도
내일의 맑은 공기를 마시고 싶다

— 〈무제 · 2〉 全文

예시를 보면 엘리어트가 말하는 객관상관물, 즉 비유(比

喩, 메타포)는 낯선 군상들(3행)과 부황 뜬 육체들(8행)을 가리키는 '발정난 수캐(9행)' 이다. 그것은 자본주의 퇴폐 문화 속에 둘러싸여 질식의 위협조차 감내하는 시적 주체의 정서적 반응물이다. 이 시 속에서 몇 가지의 경험(압구정동 골목길의)이 결합되어 감수성의 통합을 이루고 있다.

양호 詩가 성취하고 있는 감정화(感情化)된 사상(思想; 퇴폐적 도시문명에의 비판)이고, 사상화(思想化)된 감정(感情 ; 脫都市意識)이다. 이렇게 사상과 감정이 완전히 일체화하여 새로운 세계를 만들어 내는 것이 시인의 임무인 셈이다. 그 세계가 바로 예술의 세계이다. 양호 詩의 미학 세계를 우리는 그의 텍스트 〈무제 · 2〉에서, 그것도 아주 평이한 시니피앵(기표, 記表)들의 긴축(緊縮)으로부터 그 시니피애(기의, 記意)의 감동적인 의미망을 통해서—.

① 아내의 생일이다
아침부터 비가 내린다

발길을 잡는 진열장 속 보석은
바깥 날씨에 아랑곳 없이
화려하게 솟아 오른다

주머니 속 지폐 몇 장과
신용카드의 냉기가
손끝으로 밀려온다

진열장 속 마네킹 여자는

표정 없는 얼굴로
샹드리에 불빛만 쳐다보고 있다

달린다
처음 그날처럼 아내를 꽉 껴안고
살아있는 별을 잉태하기 위해

② 빗소리 속에는
도란
도란
소리가 들린다

빗소리 속에는
사그락
사그락
옷 벗는 소리가 들린다

빗물은
구슬되어 온몸으로 흘러 내린다

빗물은
꼬리를 물고 쏟아진다

③ 집착의 욕망을 버리지 못하고
한 권 한 권 포개놓은 책들이
세월의 무게에 못 이겨

땅끝까지 밀려와 있다

임자 없는 책들은
겨울바다의 바람에
한 권 한 권 빨려 들어가 버리고

한 시대는 알 수 없는 미래로부터 달려오는
낯선 사명이 무엇인지도 모른 채
바람 속에 들어가
애꿎은 책장만 자꾸 넘기고 넘긴다

예시 연두(例示 聯頭) 넘버 표지는 평설자의 것이다. ①은 양호 詩 〈아내의 생일〉이고, ②는 〈비〉, ③은 〈채석강〉의 각각 전문(全文)들이다. ①②③의 텍스트를 나란히 병치한 것은 이 세 작품의 서로 다른 변별점을 비교 설명하는 데 편리하기 때문이다.

①은 완벽한 형이상파시다. 시적 주체가 대상(비)을 통해 성적(性的) 엑스터시를 경험하는 것이다. 빗물의 원형상징(아키타입)은 정화(淨化)이다. ①보다 먼저 ②의 시적 주체는 첫연(1聯)에서 빗소리의 공감각(共感覺)으로써 마치 여인의 속삭임 같은 암시 속에 자신이 비를 맞고 있는 정화의식(淨化意識)에 몰입된다. 성스러운 섹스 준비단계다. 둘째 연(2聯)에선 우두시(雨杜詩) 우두시는 1930년대 이미지스트의 효장 金光均의 아호.

〈雪夜〉에 보이는 눈 내리는 밤의 청각 이미지를 "머언 곳에 女人의 옷 벗는 소리"라 했듯 양호 詩의 빗소리의 시청

각(공감각, 共感覺) 이미지는 아예 "사그락/ 사그락"이란 의성어까지 합세케 하여 그 공감각 이미저리를 극대화하고 있다. 첫 연에서 준비된 섹스의 정화의식(이 의식은 意識과 儀式의 重層 描寫; multiple description)이 둘째 연에 와서는 저렇게 여인의 옷 벗는 의식(意識과 儀式)에 이른 것이다. 그리하여 3과 4연의 엑스터시와 '의식'은 완성되는 것이다. 섹스(빗물로 상징)로서 심신이 깨끗해지고자 하는 정화의식의 '사고(思考, 思想)'와 섹스 의식(儀式)으로서 성스러운 엑스터시를 느끼려는 '감정(感覺, 感情)'이 완전하게 통합된 감수성을 이루고 있는 양호 詩의 형이상파시 성취작이다.

이에 비해 ①은 아내의 생일에 비가 내린다는, 시적 주체의 물(水)을 통한 원형상징으로서의 정화의식은 매우 풋풋한 리리시즘에 기반해 있다. 아내의 생일 선물에 대한 강박관념과 혼융돼서 사상과 감정을 아우르는 감수성의 통합을 성취한 것이다. 예시 ①과 ②의 제재적 변별화 까닭은 바로 여기에 있는 것이다. 예시 ③의 경우는 ①이 강박관념의 감성화로 한 편의 형이상파시가 가능했던 제재적 행운을 획득했다면 ③은 메타 텍스트(題目) 그대로 채석강(採石江)의 인상을 비유(比喩, 메타포)로써 점묘한 것이다. 채석된 석편(石片)을 책(冊)에 비유하고 있는 뛰어난 심상(心象)은 인문학이 고사하고 있는 시대 상황에 대한 주제를 은유하는 데에 충분히 기여하고 있다. 이렇게 사상(思想)과 애석함의 정조(情操; 고급한 정서)가 위일 융합하는 감수성의 통합은 ③은 첫 행에 보이는 관념성조차 무화시키는 양호 詩의 형이상파시 성과물이다.

굳이 ①②③의 비교 논급을 진행한 것은 텍스트 ② 〈비〉의 수월성(秀越性)도 수월성이지만 텍스트 ①과 ③의 일정하게 거두고 있는 시적 성과급에 있다. ①의 감수성의 통합을 넘어서는 산뜻한 리리시즘과 ③의 중후한 인문학적 제재성(題材性)을 간과할 수 없기 때문인 것이다. 그렇다면 양호 詩의 자연(自然)에 관련된 텍스트에 주목해 본다.

여우비 끝자락에
무지개 다리가 걸렸다

보고픈 기다림은
실핏줄 하나에 매달려

희미해진 다리 위에서
욕망의 페달을 밟는다

— 〈소낙비〉 全文

페달과 같은 문명어가 들어 있기는 하지만 이 세상 어떤 건물 밖 공간이든 가능한 자연사물, 즉 소낙비 끝의 무지개를 객관상관물로 하여 시적 주체의 사상과 감각의 통합된 감수성을 보여주고 있다. 첫 연 "여우비 끝자락에/ 무지개 다리가 걸렸다"는 이미지는 팩트(fact)이지만 에즈라 파운드가 예전(1913년)에 이미지의 개념을 정의해 '이미지란 일시에 지적 · 정서적(知的 · 情緖的) 복합체를 제시하는 것' 이란 탁견에 매우 핍진하게 부합된다. 시적 주체의 소낙비 끝에 뜬 무지개 다리에 대한 지적(知的) 이미지는 둘째 연에 제시된 바와 같이 "실핏줄 하나에 매달려" 있는 불안한 존재이다. 그리고 정서적 이미지는 후말연에 제시된 "희미해진 다리 위에서/ 욕망의 페달을 밟는다"고 했듯이 소낙비 끝의 무지개 다리는 위태로운 것이다. 이와 같은 두 차원의 복합체로서의 이미지가 바로 중층심상(重層心象, multiple image)을 이루어 현실감을 지니게 된다. 소낙비 끝자락에 걸린 무지개 다리가 아무리 실핏줄 하나에 불과한 다리, 불확실한 희미한 희망의 다리지만 보고픈 기다림의 존재에 대한 시적 주체의 이피파니(구원자) 희구심은 욕망의 페달을 밟는다는 것이다.

이와 같이 양호 詩의 형이상파시 포에지(시정신, 詩精神)는 추상(抽象)과 구상(具象)이 교차(交錯)하는 중층묘사(重層描寫, multiple description)로써 시적 주체의 감정과 관념이 어우러진 아름다운 창조적 세계를 형상화해 놓은 것이다. 양호 詩의 이 같은 형이상파적 시적 의도는 현실성과 관념성을 한층 명확하게 일체화시킬 수 있는 중층묘사의 표현기법에 기인한다. 그 대표적 성취 텍스트를 한 편 더 주목하면서 척박하게나마 형이상학파 양호 시인론의 글가름을 삼을까 한다.

계절의 흔적들이
한 잎
한 잎
내려앉은 사이로
투명한 피라미 떼가 기지개를 켠다

피라미 떼는
작아도 거침없이 물살을 가른다

무료에 젖은 나의 눈빛도
땅 끝까지 내려온 하늘도
피라미 지느러미 위에 앉아
또 다른 나를 보면서

가물거리는 시간 속으로
쉼 없이 물살을 가른다

—〈꿈〉 全文

예시는 형이상학파시인데, 패러그랩 어디에도 길항의식(拮抗意識)은 유보되어 있다. 길항성이 보류되어 시적 주체가 중립적일 때, 양호 詩는 물질적 이미지의 균형(均衡)과 조화(調和)를 얻게 된다.

이와 같은 이미지의 규제된 조형은 인예시(引例詩)에 보이듯, "계절의 흔적들" "투명한 피라미떼"는 추상(抽象)이지만, 그 다음 "작아도 거침없이…"에서 구상화(具象化)하고 있다. 그리고, "나의 눈빛도…/ …하늘도"의 구상(具象)은 그 다음 연(聯) "가물거리는 시간…/ 쉼 없이"로 추상(抽象)하고 있다. 이와 같이 관념 이미지와 구체적인 이미지를 교차시켜 표현함으로써 관념성과 현실성을 더욱 명료하게 합일시킬 수 있게 된다. 이것이 바로 앞에 누누이 말해 오는 중층묘사(重層描寫, multiple description) 기법인데, 이는 이른바 사상과 감정을 통합시키려는 형이상학파시의 기획

된 전략이다. 그리하여 시인이 얻는 것이 그 시인의 세계와 완전히 독립된 예술의 세계인 바, 양호 詩는 예시에서만도 시적 주체가 꿈꾸는 주체적 삶의 소위 노장적(老莊的) 무위 자연과 합일된 대자유(大自由)의 삶의 길을 열어가게 되는 것이다. 물론 독자로서도 그러한 삶을 터득하는 행운을 양호 詩와 같은 양질의 형이상파시에서 만나게 되는 것이리라. 이제 양호 詩가 그렇다는 바의 시적 팩트(fact)와 한 자리 더하는 미학의 텍스트로서 그의 제4시집 《그물에 걸리지 않는 바람과 같이》 상재에 하사(賀辭)를 남기고자 한다.

기다림의 숨결이
내 안에 들어와서

시린 살갗 여린 떨림
따스하게 채워 주어

첩첩산 움트게 하는
붉디붉은 꽃망울

— 〈매화〉 全文

매화(梅花)는 긴 겨울의 기다림 끝에 그 고절(孤節)한 삶을 만개(滿開)한다. 매화의 그 고절무비한 대자유의 삶은 얼마나 열정에 가득 차서 생욕적(生慾的)인지 시적 주체의 삶(2연)과 우주(첩첩산)까지도 생동케 하는 붉디붉은 꽃망울(3연)인 것이다. 이번 시집의 메타 텍스트 《그물에 걸리지 않는 바람과 같이》 사는 대자유의 삶(저 앞에 논급한 텍스트 〈꿈〉과 같은)이야말로 양호 詩의 포에지(시정신, 詩精神)가 꿈꾸는 세계임을 나는 그의 다수의 독자도 꿈꾸는 세계라 믿어 의심치 않는 바이다.

(2008. 6. 삼개나루 樹堂軒에서)

양호 시집
그물에 걸리지 않는 바람과 같이
•
지은이 / 양 호
펴낸이 / 김재엽
펴낸곳 / 한누리미디어
디자인 / 지선숙
•
121-840, 서울시 마포구 서교동 395-13 서원빌딩 3층
전화 / (02)379-4514, 379-4519
Fax / (02)379-4516
E-mail/hannury2003@hanmail.net
•
신고번호 / 제300-2006-61호
등록일 / 1993. 11. 4
•
초판발행일 / 2008년 7월 10일
•

•
값 7,000원
•
※잘못된 책은 바꿔드립니다.
•
ISBN 978-89-7969-323-2 03810